作文長「胖」了

三支鉛筆讀寫研究中心　編著

商務印書館

責任編輯　吳一帆

裝幀設計　麥梓淇

排　版　肖　霞

印　務　龍寶祺

作文長「胖」了

編　著　三支鉛筆讀寫研究中心

出　版　商務印書館（香港）有限公司

　　　　　香港筲箕灣耀興道 3 號東滙廣場 8 樓

　　　　　http://www.commercialpress.com.hk

發　行　香港聯合書刊物流有限公司

　　　　　香港新界荃灣德士古道 220－248 號荃灣工業中心 16 樓

印　刷　亨泰印刷有限公司

　　　　　香港柴灣利眾街 27 號德景工業大廈 10 樓

版　次　2022 年 6 月第 1 版第 1 次印刷

　　　　　© 2022 商務印書館（香港）有限公司

　　　　　ISBN 978 962 07 0606 6

　　　　　Printed in Hong Kong

寫作，是一種思維訓練

　　我在童年和少年時代，作文就寫得很好。小學時，學校組織看電影，讓同學們寫觀後感，我寫的觀後感被語文老師推薦給全班閱讀並借鑑。我是陝西人，當年高考語文滿分 150 分，我考了 130 分，還覺得馬失前蹄，沒有發揮好。

　　然而我只能寫好寫人、敘事、抒情類作文，遇到寫景、寫物、想象類題目還是有畏難情緒。這麼多年，之所以能寫出不錯的作文，靠的是自己對生活的敏感和偶爾的靈光乍現，以及一點對應試技巧的熟練掌握。

　　學生時代的我，認為寫作是不可教的，是要有天賦，要靠悟性的。

　　喜歡文科的我，最終選擇了理科，在學醫的大學時代，和北大的研究生學習期間，得到了系統的理科思維訓練。畢業以後，機緣巧合之下，我和其他兩位以理科思維見長的朋友，組成了「三支鉛筆讀寫研究中心」這個小團隊，深入研究中小學生閱讀和寫作，幫助孩子解決閱讀和寫作難題。

前言

　　這套小書是我們歷時六年，教授了上萬名小學生後總結的經驗和成果。書中精彩示例的好些小作者，彼時還是二三年級。他們跟着我們系統學習，找到了寫作的竅門，經常得到老師的表揚，考試拿高分，作文大賽獲獎。如今已升入不錯的中學。

　　翻開這套書，你會明白，寫作是可教的。寫作是一種思維訓練，就像打地基蓋房子一樣，需要一層層蓋出來；絕非空中樓閣，僅靠靈感，想到哪兒寫到哪兒。這麼多種作文開頭、結尾、擬題和展開作文的方法，不是教你套路，而是幫你打開思路。正如文中引用的一些名家名篇，你看，大作家也是這麼寫文章的哦。

　　最後，還想說說寫作的意義。我們從小學習寫作文，不是一定要成為大作家、大文豪。對絕大多數人來說，擁有良好的寫作能力，是為了記錄生活，表達情感，增進交流，獲得更多的幸福感。

　　期望這套小書幫你打通理科思維與文科表達的界限，掌握寫作文的基本方法，享受書寫文字的樂趣和成就感。

三支鉛筆讀寫研究中心　海棠老師

2021 年 8 月 16 日

目錄 CONTENTS

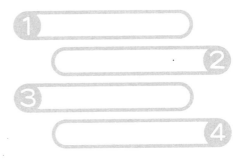

用時間順序法讓
作文長「胖」

作文長'∴
「胖」了

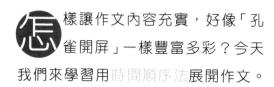

怎樣讓作文內容充實，好像「孔雀開屏」一樣豐富多彩？今天我們來學習用時間順序法展開作文。

盤古開天地

　　有一天，盤古醒來了，睜眼一看，周圍黑乎乎一片，甚麼也看不見。他一使勁翻身坐了起來，只聽咔嚓一聲，「大雞蛋」裂開了一條縫，一絲微光透了進來。巨人見身邊有一把斧子，就拿起斧頭，對着眼前的黑暗劈過去，只聽見一聲巨響，「大雞蛋」碎了。輕而清的東西，緩緩上升，變成了天；重而濁的東西，慢慢下降，變成了地。

天和地分開後，盤古怕它們還會合在一起，就頭頂天，腳踏地，站在天地當中，隨着它們的變化而變化。天每天升高一丈，地每天加厚一丈，盤古的身體也跟着長高。

這樣過了一萬八千年，天升得高極了，地變得厚極了。盤古這個巍峨的巨人就像一根柱子，撐在天和地之間，不讓它們重新合攏。又不知過了多少年，天和地終於成形了，盤古也精疲力竭，累得倒下了。

盤古倒下以後，他的身體發生了巨大的變化。他呼出的氣息變成了四季的風和飄動的雲；他發出的聲音化作了隆隆的雷聲。他的左眼變成了太陽，照耀大地；他的右眼變成了月亮，給夜晚帶來光明；他的四肢和軀幹變成了大地的四極和五方的名山；他的血液變成了奔流不息的江河；他的汗毛變成了茂盛的花草樹木；他的汗水變成了滋潤萬物的雨露……

這裏的時間順序：有一天 —— 天和地分開後 —— 過了一萬八千年 —— 又不知過了多少

年 —— 盤古倒下以後。大家發現了沒，時間點的線索大多數在每段的開頭。

編童話故事或寫記敘文時，按時間順序展開，可以作為一個選擇。

接下來，我們看看寫景的文章是否能按時間順序展開描寫？

多變的雨

胡進恆

大自然中會出現許許多多的現象。有冷冽的狂風；有響徹夜空的雷暴；有亮亮的閃電……但是在我心目中，印象最深刻的還是那多變的雨了。

春天的雨淅淅瀝瀝，一根一根像細細的絲線，不緊不慢地從天上飄下來。有些雨滴落在湖面上，漾起層層波紋，彷彿為湖面披上了一層輕盈美麗的白紗；有些雨滴落在地上，「滴滴答答，

滴滴答答」，就像樂手們在舉行演唱會，而雨就是那充滿熱情、熱愛敲打的鼓手；還有些雨滴落進了山林裏，為山林增加了一片朦朧，添上了一份可愛，遠遠望去，就像仙境一般。我心想：「春天的雨真有活力！」

夏天的雨突如其然，「劈里啪啦，劈里啪啦」，不經意間天上就會猛地傳來「轟隆隆」的響聲。頓時狂風大作，馬上就下起滂沱大雨，雨滴就像小石頭一樣，快速地、重重地打在樹葉上，連樹枝都痛得低下了頭。雨越下越大，豆大的雨點打在窗戶上，「啪啪啪啪」，聲音真大，聽了真教人心裏發顫！不過沒過多久天氣就放晴了，大地又恢復一片平靜。我心想：「夏天的雨可真調皮！來得快去得也快。」

冬天的雨可就大大不一樣咯。它是寒冷的，它是憂鬱的。雨中夾雜着絲絲寒氣，雨點打在手上，冷冰冰的，直教人凍得發抖，使得人們趕緊握緊雨傘，裹緊厚厚的衣服，步伐飛快地趕回家。冬天的雨時間也特別長，可以一連下好幾天，不大不小。這時候我就會趴在陽台上盼望

着：「雨啊雨啊，你甚麼時候可以停呀？衣服都快發霉了，你就行行好，讓太陽公公出來會兒吧。」但是雨還是繼續下，我心想：「冬天的雨真嚴肅，不好惹啊！」

大自然的雨是多變的，一會兒熱情，一會兒調皮，一會兒嚴肅，你們喜歡甚麼樣的雨呢？

這篇文章按四季的順序描寫了雨的特點，春雨熱情，夏雨調皮，冬雨不好惹。秋雨是甚麼樣的呢？小作者的刻意留白給大家機會啦，你試着寫一寫吧！

美麗的大樂

牙若曦

我的家鄉在廣西宜州的大樂，那是個美麗的

地方。距離我上次回大樂已經有一段時間了，我多麼想念她！

大樂的早晨，天是白蒙蒙的，就像籠上了一層白紗。「喔喔喔！」隨着一陣陣公雞的鳴叫聲，小草、小花、小樹都睜開了惺忪的雙眼，伸着懶腰，彷彿在迎接新的一天。大樂的村寨裏，勤勞的人們早早就起身了，東一家西一家隱約傳來窸窸窣窣的說話聲。院子裏幾個若隱若現的身影，扛着鋤頭，開着三輪車就出去了。孩子們來了，背着書包去學校，一路上你可以聽到他們有禮貌地向每個人問好，彼此就像親人一樣。朗朗的讀書聲，打破了校園的寂靜，讓整個大樂充滿了生命力。太陽公公被這生機勃勃的村寨吸引住了，從山裏探出頭來，慢慢地，慢慢地，一點點地朝天空爬去。陽光撒滿了大樂的每個角落，村寨沸騰了，問候聲、交談聲、說笑聲交織成一片。

中午的大樂異常悶熱，知了在樹上聲嘶力竭地叫着「知了！知了！」，樹木都無精打采地捲着葉子。鳥兒也飛倦了，在窩裏打着盹。圍繞着村寨的小河水很清，能清楚看到河底的沙石和數不

清的小魚。雖然它們很小，但在水裏追逐嬉戲，活得那麼快樂，自由自在，不受拘束。河面上游着一羣可愛的小鴨子，不時地把頭扎進水裏，是在啄食水草嗎？牠們活潑的樣子，令人不由的微笑。牠們安然閒適，即使河邊有人洗衣服，牠們也從不驚慌。

夜幕降臨了，太陽的餘暉褪去，天色暗下來，月亮在暗藍的天空漸漸變得皎潔柔和。月光如水，遠遠望去，平靜的田野籠罩在月華裏，茫茫一片，天與地彷彿融合在一起，一切顯得那麼的祥和、靜謐。站在橋上，仰望夜空，我多想分清哪顆是北極星。

大樂村寨像一個溫婉淳樸的女子，安靜地守候在山谷裏，像野生的百合一樣美麗芬芳。我愛我的家鄉，愛她獨特的魅力，愛她帶給我的快樂，愛她永遠像一顆璀璨的明珠，珍藏在我的記憶裏。

小作者描寫了家鄉一天的美麗：早上的熱鬧，中午的悶熱，晚上的靜謐，讓讀者領略到美好的同

時，也很想去這裏遊玩一番！

　　應用「一天早中晚」這樣的時間順序，你還可以寫寫你的校園、你的屋苑等與你生活緊密相關的景致。

呼蘭河傳（節選）

蕭紅

　　這地方的火燒雲變化極多，一會紅堂堂的了，一會金洞洞的了，一會半紫半黃的，一會半灰半百合色。葡萄灰、大黃梨、紫茄子，這些顏色天空上邊都有。還有些說也說不出來的，見也未曾見過的，諸多種的顏色。

　　五秒鐘之內，天空裏有一匹馬，馬頭向南，馬尾向西，那馬是跪着的，像是在等着有人騎到牠的背上，牠才站起來……再過兩三秒鐘，那匹馬加大了，馬腿也伸開了，馬脖子也長了，但是

一條馬尾巴卻不見了。

看的人，正在尋找馬尾巴的時候，那馬就變靡了。

忽然又來了一條大狗，這條狗十分兇猛，牠在前邊跑着，牠的後面似乎還跟了好幾條小狗仔。跑着跑着，小狗就不知跑到那裏去了，大狗也不見了。

又找到了一個大獅子，跟娘娘廟門前的大石頭獅子一模一樣的，也是那麼大，也那樣的蹲着，很威武的，很鎮靜的蹲着……一轉眼，一低頭，那天空的東西就變了。若是再找，怕是看瞎了眼睛也找不到了……

一時恍恍惚惚的，滿天空裏又像這個，又像那個，其實是甚麼也不像，甚麼也沒有了。

必須是低下頭去，把眼睛揉一揉，或者是沉靜一會再來看。

可是天空偏偏又不常常等待着那些愛好它的孩子。一會工夫火燒雲下去了。

　　這是作家蕭紅的小說《呼蘭河傳》裏的片段。這個片段寫的就是一會兒工夫內火燒雲的樣子。表示時間變化的詞有「一會（一會兒）」、「五秒鐘之內」、「再過兩三秒鐘」、「忽然」、「一轉眼」、「一時」等。

　　本章四個例子的時間跨度由長到短，從千萬年，到一年四季，到一天從早到晚，最後到一會兒工夫。寫作的時候，需要按照寫作內容的特點來選擇不同的時間跨度。

　　以上就是老師介紹的如何用時間順序法讓作文長「胖」。大家可以看出來，這種方法可以用在故事、寫景、狀物等類型的文章中。心裏有了按時間順序展開作文的概念後，寫起作文來下筆會快一些。

作文長 / /
「胖」了

 一課一得

時間順序法，文章經常用。

故事這麼講，時間點標明。

寫景按四季，吸引去旅行。

萬物生變化，按序寫就成。

別怕流水帳，詳略分得清。

趕緊練一練，孔雀開了屏。

 一課一練

《家鄉的 ＿＿＿＿＿＿》（寫家鄉的景色或景物）

練習列提綱，用上時間順序法，列詳細一些。只需寫提綱，不需要寫全篇。

列提綱對孩子理清思路、加快寫作速度很有幫助。熟練掌握這項技能後，考試的時候就能在心裏默列提綱，下筆快，寫得全，寫得好。

② 用空間順序法讓
作文長「胖」

本章主講用空間順序法展開作文，讓作文長「胖」。

空間順序展開法指的是按空間位置的變化（由左到右、由近到遠、由上到下、由裏到外、由中間到兩邊等順序）來展開段落。

我家的陽台

計一銘

這裏像一片微型花海，在我眼裏絕不比任何植物園差。你知道這是哪裏嗎？對了，這就是我們家百花爭艷的陽台。

在陽台的東邊，是繡球花「瀑布」。一盆盆色彩各異的繡球花盛開着，一盆接着一盆，

層層疊疊的，美不勝收。就拿這盆無盡夏來說吧，它的花朵都一堆一堆地簇擁在一起，形成了好幾團花球。它那天藍色的花朵，帶着淡淡的的綠色，邊上還有一圈淡紫色的邊框，像一隻隻色彩繽紛的迷你蝴蝶簇擁在一起，也像有人摘了幾片天空放在綠葉上一樣。我家的繡球不僅有美麗的無盡夏，還有色彩繽紛的紫水晶、夢幻的沃利紫、亮黃色的赫斯等等，實在是令人目不暇接。當我站在這一片繡球花前時，我真想一直看下去。

陽台西面是月季角，一盆盆的月季花數都數不過來。月季花形狀不同，還有多種顏色。我最喜歡的就要數龍沙寶石了，好像是香草冰激凌裹着草莓冰激凌一樣，還散發出一股淡淡的清香，綠葉襯托着花朵，美麗得像寶石一樣。不經意間抬頭往上一看，爬藤月季開得都爆滿了，胭脂色的花朵一叢叢地在牆面上盛開着，幾乎讓整堵牆都成為了花的世界。來到這裏，就像置身於大自然中一樣。

南邊的整面玻璃幕牆上，掛着一盆盆的麗格海棠和長壽花。麗格海棠的花瓣色彩迷人，花瓣

邊的漸變色就像奶油蛋糕一樣誘人。長壽花又是另外一番味道。寬大的葉片偶爾遮擋住了它那美麗的花朵，好似「猶抱琵琶半遮面」啊！

這就是我家那繁花似錦的陽台。花兒們默默地綻放着，為我們帶來了芬芳和生命的氣息。你喜歡這樣的陽台嗎？

小作者運用東南西北方位的空間順序：東邊（繡球）—西面（月季）—南邊（海棠、長壽花），將微型花海一般的小小陽台寫得躍然紙上。描寫的筆觸像電影鏡頭似的一一掃過去，抓住細節，就不怕文章寫不長啦！

校園的成長林

彭泓博

　　站在校園的成長林前，最引人注目的就是兩棵高大的黃桷樹了。遠遠望去，就像兩棵綠色的大蘑菇聳入雲霄，一眼望去都不能看見它的頂端呢！粗壯的樹幹矗立在那裏，就像兩條起飛的巨龍一樣。走近細看，黃桷樹還有龐大的樹枝，樹枝向四面八方展開，像千手觀音在歡迎我們的到來。樹葉呈橢圓形，有小朋友的手掌那麼大。一陣微風吹過，樹葉「沙沙」作響，彷彿唱着一首優美的歌曲。

　　順着石板小路走進成長林深處，有我最喜歡的紫葉李。紫葉李的身高有一米四左右，站在遠處看，紫葉李筆直的身軀，像一個站得挺立的戰士。從近處看，細細的枝條在微風的吹拂下，像一個跳舞的少女。枝條上均勻地分佈着橢圓形葉片，紫得發亮，邊緣像鋸齒。拾起一片美麗的落葉，製作成書籤，還不錯哦。

穿過紫葉李，就是成長林的花壇。迎面映入眼簾的是深綠色的海桐，每朵海桐花有五個花瓣兒，一團團的花就像一把把傘一樣，聚在一起很是親密。海桐的左邊是紫色、白色的玉蘭花，像喇叭一樣掛滿了每一處枝頭。玉蘭花的右邊是深紅色的山茶花，花瓣層層疊疊，很是鮮豔。

小作者按由外向內的空間順序向我們介紹了校園的成長林；抓住不同地點有代表性的植物細緻描述時，還用上了由遠及近、前後左右的空間順序。不同的空間順序融合使用，**路線很清晰**，讀者彷彿也跟着瀏覽了一遍成長林。

「空間順序」所形成的這麼多「遊覽路線」上，要有具體的景致才行。小作者這點也做得很好，點明了每種植物的名稱：黃桷樹、紫葉李、海桐花、玉蘭花、山茶花，**畫面感十足**，也讓人大開眼界。

遊跑馬嶺

趙禹洛

　　跑馬嶺被譽為齊魯雪鄉，那當然少不了冰雪。一進景區，迎接我們的就是冰雪樂園，一片白茫茫的，在陽光的照耀下反射出耀眼的光芒。五條長長的雪道也在向我招手，在這裏我們玩得不亦樂乎，坐着大輪胎享受着冰雪給我們帶來的飛速體驗。最陡的那條坡道也常常把人們顛飛了，大家卻都拍着屁股哈哈笑着站起來。在這片雪地裏，沒有年齡的區分，大家都是一羣孩子，享受着冰雪間的快樂。

　　再往前走，走進山裏，成片的樹木在寒冬裏屹立着。樹林中有許多滑梯：長的、短的、彎的、直的，有的像一條盤卧的蛇，有的像一根斜插的筷子。而我最喜歡的就是那最長最陡的滑梯，圓筒狀的設計，斜躺在陡峭的坡面上。我沿着它「嗖」地一下滑下去，中途還會被顛得飛起來，要不是因為是圓筒狀的設計，我都能飛向天空，去

擁抱太陽。

走出這片樹林，就進入了恐龍世界。一個個恐龍模型特別逼真，摸起來都是軟綿綿的，剛有人走過，就能聽見恐龍發出「嗷嗷」的叫聲，不注意的話，常常會被嚇一跳。最中間是一隻特別大的霸王龍，抓着獵物站在中心吼叫，向所有人宣示着它的霸權。孩子們都嚇得不敢靠近，我一邊安慰自己：「這不是真的，這不是真的！」，一邊壯着膽子靠近。站在霸王龍的腳下，抬頭看去，能夠清晰地看見霸王龍身上的斑紋、嘴裏的獠牙，感覺它彷彿要活過來一樣。更有我們喜歡的翼龍、副櫛龍、腕龍、三角龍、劍龍⋯⋯我彷彿真的回到了恐龍時代。

這是一篇典型的用空間順序展開的遊記。小作者移步換景，按照自己的遊覽順序介紹了跑馬嶺的冰雪樂園、樹林、恐龍世界三處景點的特點，以及自己在那裏是如何遊玩的。思路清晰，描寫也比較細緻。

大海

張譯文

　　小時候在家鄉的海邊玩耍，那時候感覺海真好玩啊，它就像一個大型的游泳池。媽媽幫我把褲子挽起來，把裙子綁起來，露出我的卡通短褲和兩條又粗又白的小短腿兒，我便盡情地用兩隻肥腳丫奔跑，好不歡樂。一邊跑，一邊興奮得咯咯直笑，偶爾發出幾聲尖叫。我沉浸在這個「大型游泳池」中，任媽媽怎麼催促，我都不肯離開。這時的大海，是我兒時最好的玩伴，是我童年的水上遊樂園！

　　去年暑假，在泰國西密蘭羣島浮潛的時候，我發現海變得不一樣了：它深淺不一，變化莫測，就像一個五顏六色的調色盤，呈現出淺綠、翠綠、碧綠……各種顏色。在太陽溫暖的照射下，我清楚地看到海底的海洋生物。我感覺魚兒離我很近，可伸手一摸，卻摸不着。這種感覺真是既興奮又刺激呢！

　　現如今，我深陷「題海」，每天有做不完的作業，週末和節假日也總是被各種各樣的功課佔用。我像一條小魚，渴望回到大海的懷抱。

　　小作者仿寫巴金先生名作《繁星》的展開順序，很特別地融合了時間順序和空間順序，寫出了小時候家鄉的海和去年暑假泰國的海兩者不同的特點。結尾很有深意，深陷「題海」，只能「盼海」，**主題得到了昇華**。這篇的空間範圍更大，寫了國內與國外的區別。

　　通過以上介紹，大家應該能感受到：空間順序法主要運用在寫景、遊記類的文章中。空間的範圍可小可大，還可以套用多層次的空間順序，甚至融合時空順序。**寫作文變得像建築師建樓房一樣**。好好搭建你的文章的空間結構吧！

一課一得

空間順序法，寫景經常用。

可從上到下，外到內也行。

由左寫到右，先遠再拉近。

移步即換景，景致寫分明。

這個好辦法，狀物也能用。

時空搭配寫，文章更高明。

一課一練

練習列提綱，用上空間順序法。

主題一：我的房間

主題二：秋天的圖畫

可二選一，或者兩個主題都練一練。只需寫提綱，不需要寫全篇。

小練筆是輕鬆的練習，希望小朋友們能自主、愉悅地完成！

3 用情節發展法讓作文長「胖」

情節發展法，指的是按照故事情節的發展來組織文章的段落。敍事性的文章、故事性的文章都可以依照情節來展開。這種方法可以使文章條理分明、生動有趣、耐人尋味。

包餃子

彭嘉怡

過冬至要包餃子，過新年要包餃子，在平時也能包嗎？我對媽媽說：「我想吃餃子。」媽媽說：「可以自己做。」我也跟媽媽一起包餃子吧！

媽媽把從超市買來的香

菇、豬肉和生薑放入洗菜盆裏，反覆清洗，一直到水清了為止。豬肉的皮會有毛，要把豬皮刮乾淨，如果不想這麼麻煩，可以把皮去掉。接下來，就要把洗好的材料放入絞肉機裏攪碎成餃子餡。我趕快去拿餃子皮，餃子皮可不是我們做的，因為自己做太麻煩，就去街市買了回來。

媽媽去盛了碗水，開始包餃子。我快步來到桌前，興奮得兩眼放光，搓着手，躍躍欲試。

媽媽先把餃子皮對摺，在中間捏一下，再從中間往兩側打褶，一個月牙型的餃子就包好啦，乾淨又漂亮。看媽媽這麼輕鬆，我覺得一定很簡單。我學着媽媽的樣子，在餃子皮中間抹一大勺餃子餡，再在餃子皮邊緣抹上水。但是，我怎麼也學不會媽媽那種包法，於是就包自己的創意餃子。我把餃子皮對摺，再打四下褶，兩左兩右剛剛好，一個扇子形的餃子就做好了。我又試着做了星星、包子等形狀的，都成功了呢！我玩得忘記了時間。看着自己第一次包的餃子，感到特別開心。

接下來要煮餃子了。先盛一鍋水，然後開大

火將水煮沸騰。水沸騰後，就可以下餃子啦。餃子要一個一個放下鍋。下了鍋，要用勺子輕輕攪拌，不然餃子沉底，粘在鍋上會煮壞。

等餃子出鍋等得好着急呀！感覺過了一萬年，我包的這盤創意餃子才被端上來。哇，好香啊！我吃了一口，好吃！吃着自己包的餃子，心裏美滋滋的，我對媽媽說：「好好吃啊！下次我還要自己包餃子。」

餃子是中國傳統美食，小作者寫的包餃子過程包括：準備材料（肉餡和餃子皮）—— 包餃子（媽媽包得漂亮，「我」包得有創意）—— 煮餃子（攪拌防沉底）。

重點寫包餃子的過程，完整清晰，準備材料和煮餃子也有一些細節，不是一筆帶過，詳略得當。讓人略感意外的是小作者並沒有寫如何反覆練習，把餃子包得像媽媽一樣漂亮，而是由着自己的性子，玩似的包了一盤創意餃子。這也啟發我們，作文可以寫出有新意的情節哦。

本文另一亮點是，不同步驟間的過渡很自然。

　　我快步來到桌前，興奮得兩眼放光，搓着手，躍躍欲試。

　　慢鏡頭般的筆觸，寫得很詳細。「快步來到桌前」「搓着手」，是寫動作；「兩眼放光」，是寫神態。這樣一句話，「我」準備包餃子的樣子已經寫得很有畫面感了。

　　很多家長都說過，孩子寫作文不太會組織語句。或者運用關聯詞成災，總是「先」，「接着」，「然後」，「最後」……從這篇文章，我們可以學一學過渡的方法。

我學會了泡茶

但佳然

　　茶有着悠久的歷史，我也很喜歡茶，於是我選擇主動報名少兒茶藝班。

　　誰知道泡一杯茶的禮節那麼繁瑣。第一步是

31

敬禮，即將自己要泡的茶葉給別人看。第二步可沒那麼簡單了，叫冰心去凡塵，也就是潔器。

做這個動作，我就如同機械人一般，那麼不協調，那麼生硬。轉杯子時會把壺打翻，將水灑出。這讓我覺得實在不好意思：別的同學怎麼做得那麼好？看來我還得努力一點。

一遍做不好就做第二遍，用三根手指拿起杯子，左手當底盤托住杯子，右手手腕逆時針轉一圈。在大功告成之際，手一抖，杯子差點抖掉，搞得我心猛的一揪。太嚇人了吧！我想：還好還好，有驚無險。

後面的「投茶」、「潤茶」、「沖泡」、「奉茶」……都做得還不錯，還是潔器這一步對我比較難。做的時候，原本可以，就是在轉杯子時漂移一般，拐了十八彎；把潔器的水倒回茶盂裏時，我不像點水般輕盈，倒像洗菜大媽把菜上的水珠抖下來的樣子，還把茶盂弄個叮噹響。搞得我心驚膽戰的。

老師察覺到我的異樣，親切溫柔地說：「不着急，不着急，這個動作是非常難，但練着練着就

會好了。」我調整了心態，重新做這個動作，可是做時左手會不由自主地彎曲，很不舒服。「在轉杯子時不用擔心杯子會掉。有右手扶着呢！」這樣的聲音再次響起。此時我只能生硬地大幅度轉杯子，但比以前進步許多。接下來我又開始洗菜式點水，這時警告的聲音再次響起：「不可以這樣，要像蜻蜓點水般輕盈，主要是優美。」我也就反覆練啊練，轉啊轉，直到動作嫻熟如行雲流水。

　　我喜歡泡茶的過程，雖然繁瑣，我卻極其享受！

　　小作者選擇了茶藝來寫，內容很特別。茶藝流程是這樣的：敬禮 —— 潔器 —— 投茶 —— 潤茶 —— 沖泡 —— 奉茶。小作者沒有面面俱到寫出每一步，而是重點描寫自己掌握不好的「潔器」環節：第一遍的生硬，第二遍的有驚無險，老師指點後繼續練習。

　　潔器環節熟能生巧的過程寫得清楚明白。從上文中，除了能學到　　　　　　　　，還能學到　　　　　　　，尤其是　　　　　　和　　　　　。

出乎意料的一次考試

魏文希

考試成績出來的時候，相信都是幾家歡樂幾家愁吧！對我而言，特別是語文考試，大多數情況下，我屬於「幾家愁」裏的一員，但是有一次我竟然考了 90 分，名列前茅！這是怎麼回事呢？讓我來給你們說說吧。

星期二，老師走進教室，對我們說：「同學們，明天期中考了，大家抓緊複習啊！」一聽到這個消息，我心中暗暗說道：「哎呀！我沒複習，又要被媽媽說了。」之後的一整節課，我都心不在焉的，一直想着媽媽看到我分數時氣憤的表情。「真想請假呀！」我歎了口氣。

第二天，我懷着忐忑的心情來到班級，拿起書開始臨時抱佛腳。不一會兒，老師抱着一大摞試卷走進教室，對我們說：「把書收起來，開始考試。」「完蛋了！」我一邊想，一邊用緊張得微微冒汗的手把書塞進抽屜。

　　開始考試了，我掃了一眼題目，許多我不會的題浮現在我的眼前。沒辦法，我只好硬着頭皮做了下去。這時，一道仿寫題呈現在我的眼前，我仔細一看，居然是給「四大名著」主題的書籤配文字？我苦思冥想：「書上有嗎？沒有。老師的筆記裏有嗎？也沒有。那還能在哪裏有呢？只能在課外書上有了。」正當我想放棄的時候，我想起了在「喜馬拉雅」APP 上聽的節目，那不是講三國的嗎？哈哈，有了！把它的開頭寫下來吧，於是我興奮地填了進去。

　　到閱讀部分了，這一直是我的弱項。我絞盡腦汁，怎麼想也想不出來。「唉！」我長歎一聲，仰望着天花板，腦子一片空白。「還有十分鐘。」突然，語文老師的聲音在我耳邊響起。我出了一身冷汗，時間過得太快了吧！答不出來了，要考不好了！媽媽那失望的臉又浮現在我的眼前，看來，我又要吃一頓「竹板炒肉末」了。慌亂中，我突然想起了語文老師講過的「人物加事件」的技巧，立刻奮筆疾書，終於在最後一分鐘，寫完了試卷。「太好了！」我伸了個懶腰，仰坐在椅子上。

　　過了幾天，發試卷了，我忐忑不安地拿過自己的試卷，瞄了一眼，「成績」一欄居然用紅筆寫着「90」兩個大字。「天吶！」我驚呼。老師說：「90分以上的只有三位同學。這次考得很好，下次加油！」「是！」我興奮地回答。

　　真是一次出乎意料的考試啊，放學了，拿着試卷，想到媽媽那驚喜的眼神，我不由的加快了腳步！

　　這篇文章將一次考試寫得一波三折，同學們都感同身受吧。全文的故事情節是這樣的：星期二老師提醒要考試，「我」心情忐忑 —— 星期三考試當天，緊張地臨時抱佛腳 —— 絞盡腦汁答仿寫題 —— 臨門一腳答閱讀題 —— 公佈成績，得了高分。

　　情節展開過程中，每個步驟的時間點清晰，小作者的思緒也在起伏變化。擔心考不好會被媽媽批評，努力回想考題相關的知識，成績不錯時期待看到媽媽驚喜的眼神，心理描寫非常豐富。

採栗子

王奕辰

　　每年九月都是栗子成熟的季節，今年也不例外。聞着栗子那誘人的香味，我和爸爸、媽媽打算週末去採栗子。

　　一大早，我們開車一個多小時來到了郊外的栗子山前。望着那漫山遍野的栗子樹，我彷彿又聞到了栗子誘人的香味。爸爸買了門票，我們每個人拿了一個籃子，就上山採栗子去了。

　　我拿起籃子就往山上跑。滿山的栗子樹，樹上掛着一個個毛茸茸的綠球球，沉甸甸的，爸爸指着說：「這就是栗子，只要你把那綠色的外殼剝開，就能看見裏面的栗子了。」我不解地問：「我夠不着啊！栗子在那麼高的樹上面呀！」爸爸四下裏看看，找來一根長竹竿，走到了栗子樹下，他舉起竹竿瞄準栗子球，打了下去，我也趕緊跑過去，抱着樹幹用力搖了起來。栗子球「嘩啦嘩啦」地掉了下來，砸得我哇哇大叫：「好疼啊！」

　　我三步併兩步奔到栗子的旁邊，想要撿栗子。「啊！」我大叫了一聲，爸爸急忙看向我，我的手被扎出了一個個的針眼。「這原來是刺球啊！」我驚呼道，「怪不得砸在我頭上好疼啊！」我趕緊扔掉刺球。爸爸心疼得趕快跑過來，拿起我的手，把上面殘留的幾根刺拔掉，又擠了擠，看見扎得深的地方已經出血了。我一屁股坐在地上，哇哇大哭起來：「不摘了，咱們回家吧！」爸爸耐心地看着我說：「咱們再想想，除了回家，還有甚麼辦法？」我停止了哭泣，想了想說：「爸爸，我們可以戴上手套啊！可是這兒也沒有賣手套的呀！」爸爸神秘兮兮地看着我，沒說話。

　　接着，爸爸抬起腳，使勁一踩，只聽見「嘩啦」一聲，栗子球的殼裂開了，裏面包裹着的四顆棕色的栗子露了出來！爸爸笑瞇瞇地說：「你瞧，這不就有辦法了！」我咧開嘴，破涕為笑：「爸爸，讓我來試試吧！」於是我拿着籃子就往前跑。看見地上一個個栗子球，有的我踩一腳後再用腳尖使勁一搓，有的我用腳跟蹬一下，栗子就「咕嚕咕嚕」跑了出來。我開心地撿了起來，不一

會兒籃子就撿滿了。

爸爸、媽媽跑了過來，看着我的籃子說：「你真棒！就你踩得最多。」望着滿籃子的「戰果」，我心裏別提有多開心了。

回到家，我吃着自己親手摘的糖炒栗子，心裏充滿了自豪感。我覺得這栗子格外的甜。

這篇文章寫的是採栗子這樣一件新鮮有趣的事。香甜的栗子，想吃到嘴裏可不容易。全文的故事情節就是在遇到困難，解決困難，又遇到困難，再解決困難的波折中展開的。

栗子樹很高，夠不着栗子，怎麼辦？可以用長竹竿打，也可以搖樹幹。

毛栗子扎手，怎麼辦？買手套？沒的賣。哦，用腳踩！還可以用腳尖搓，用腳跟蹬。

情節展開過程中，語言和動作描寫細緻，心理活動豐富，大家可以參考學習。

　　從上面幾篇同齡人的作品中，我們可以看到，用好情節發展法的關鍵，首先是**事件的步驟明確**，**並且有詳有略**，**最好能有一些波折或困難**；其次是**各步驟之間的過渡自然**；要寫得出彩的話，還需要用上**豐富的描寫**，比如流暢的動作描寫、貼切的語言描寫、真實的心理描寫等。

　　用心體會，生活中的新鮮事其實不少，趕緊拿起筆，用情節發展法寫寫你的生活吧！

一課一得

情節發展法，記敘文常用。

簡單一件事，步驟列分明。

關聯詞雖好，可別使勁用。

列出時間點，過渡才自然。

來個慢鏡頭，營造畫面感。

文章要精彩，動作很關鍵。

錦上來添花，心理和語言。

一課一練

練習列提綱，用上情節展開法。

主題：我學會了

寫出自己學會的一項本領，可以是運動類、才藝類或者學習類。

只需寫提綱，不需要寫全篇。

在用情節發展法寫作文時，動作描寫、語言描寫、心理描寫等描寫手法可以為作文添彩。

4

用人物對話法讓
作文長「胖」

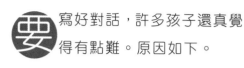

作文長
「胖」了

要寫好對話，許多孩子還真覺得有點難。原因如下。

＊一部分孩子完全沒有寫對話的意識。舉例來說，寫日記都是流水帳，寫一天幹了這，幹了那，居然沒有寫到一句人物的對話！難道大家都是稻草人、木頭人，不用說話交流嗎？

＊一部分孩子是寫了對話，但寫得平淡囉唆。通篇都是「某人說⋯⋯」，一「說」到底。

＊一部分孩子學了對話描寫的很多技巧。但技巧學多了，反而混亂了，不知道使用哪種，怎樣使用。結果還是寫不好對話。

我們來看看下面這些文章是怎麼寫人物對話的，學習靠人物對話支撐起一篇文章。

垃圾批鬥大會

郝梓宸

　　飛鳥界、走獸界、植物界以及人類正在召開「垃圾批鬥大會」。

　　第一位發言的是飛鳥界的代表，牠從座位上飛了起來，氣憤地說：「哼，你們這些討厭的垃圾，整天作怪。小河被你們污染，我們在很遠的地方就聞到臭臭的味道，我們鳥類都沒有乾淨的水喝了。樹木也長得不茂盛了，我們搭的窩經常被風雨襲擊。」

　　走獸界的代表也義憤填膺地說：「你們這些垃圾太可惡了，我們獸類經常不小心把白色的泡沫或紅色的樽蓋當作食物吞進肚子，難受得死去活來。」

　　植物界的代表無比悲憤地說：「我們植物一個個被你們害得營養不良，身體健康受到嚴重影響。我們的孩子也從一出生就生活在有毒的環境中，有的沒活多久便夭折了。嗚嗚嗚——」

　　人類代表也發話了:「你們這些垃圾,臭死了,臭得不要不要。膠袋、膠樽這些白色垃圾,土壤完全不能消化,會對大自然造成傷害的,你們知道嗎?」

　　垃圾代表抹着眼淚,倍感委屈,它鼓起勇氣大聲說:「這是我們垃圾的錯嗎?我們原本也不是垃圾啊!我們原本是幫助工廠生產的化學原料,是保護產品的泡沫盒,是密封玻璃樽的漂亮樽蓋,是可以裝東西的袋子,是可以裝水裝油的瓶子。」

　　各界代表都沉默了。

　　垃圾代表抽泣着繼續控訴:「化學原料原本好好待在工廠裏,沒想出來污染河水;白色泡沫原本好好待在產品箱裏;金屬樽蓋原本和漂亮的玻璃樽待在超市的貨架上,沒想出來被走獸啃,被飛鳥啄;至於膠袋、膠樽,難道它們不想待在溫暖又整潔的倉庫嗎?」

　　各界代表更加沉默了。

　　垃圾代表又反問道:「你們說!誰才是真正的罪魁禍首?」

　　人類代表羞愧得低下了頭，飛鳥界、走獸界、植物界的代表都恍然大悟。大家都走上前去安慰垃圾代表，為剛才的責問道歉。

　　人類代表痛心疾首地說：「原來，是人類的錯誤行為導致了垃圾的產生啊！其實人類已經做出了不少努力。例如，用過的化學原料進行環保處理後才可以排放；對泡沫、廢棄的金屬製品、膠樽、廢紙進行回收處理；鼓勵人們不用膠袋，多用環保袋。只是這些措施雖然很好，但是還是有人沒有好好地去實行，所以才給大家造成了這麼多的困擾。這次，我一定會將會議的精神帶回去，說給所有人類聽，提高每個人的環保意識，保護我們共同生活的環境。」

　　飛鳥界、走獸界、植物界的代表聽了，都轉怒為喜，連垃圾界的代表也擦乾眼淚，露出了微笑。

　　這篇《垃圾批鬥大會》立意很好，以人物對話展開全文。全文提示語在前，基本是表示神態的詞語：氣憤、義憤填膺、無比悲憤、痛心疾首……但

有了這些簡單的詞語，「說」就不再是簡單的「說」，說話時的神情就有了畫面感。豐富提示語，可以從用上簡單的詞語做起。也可以嘗試添加動作，使說話時的樣子更傳神，如「抹着眼淚，倍感委屈，它鼓起勇氣大聲說」。還可以用其他詞語替換「說」，比如發話、控訴、反問，大家可以繼續積累相關的詞語。

小白鼠

老舍

小白鼠有八個兄弟姊妹。他是最小的一個，也是最好看的一個。他的兄弟姊妹都是灰色的，只有他獨是雪白的。雪白的毛兒，長長的尾巴，長得非常的好看。他自己也曉得他是非常的好看，所以他很驕傲。

他常常這樣說：「看我這一身雪白的毛兒，圓

圓的眼睛！若是我的尾巴稍為再短一點，我簡直便和白兔一樣的美了！自然，我的聰明是永遠比白兔高出得很多，不管我的尾巴是長，還是短！」

小白鼠的媽媽，很不放心她這個最小最好看，也最驕傲的兒子。媽媽總是愛小兒子的，因為他最小啊。

鼠媽媽知道附近來了一隻大黃貓，就極懇切地囑咐她的八個兒女說：「你們，我的寶貝們！千萬要小心哪！那隻黃貓能一口咬住你們兩個，因為他是一隻又大又兇又餓的黃貓呀！」說罷，她特別的對小白鼠又說了一遍，恐怕他驕傲不小心，最容易招出禍來。

可是，小白鼠不信媽媽的話。他對自己說：「像我這樣的好看，貓會傷害我嗎？不會的！絕不會的！」這樣，他便放大了膽，雖然聽見貓的聲音，他也仍舊東跑西跑：一點不留心。

有一天，小白鼠面對面地碰到大黃貓。一看，黃貓的眼睛是那麼大，那麼圓，那麼亮，那麼兇，他有點發慌。可是，他沉了沉氣，心裏說：「不管黃貓怎麼厲害，他會看得出我是多麼好看，

也就不會欺侮我的！」這樣說完，他就笑了，對黃貓說：「貓先生，你看我好看不好看？若是我的尾巴短一點，我豈不和白兔一樣美了麼？」

　　說完，小白鼠以為大黃貓必定很客氣的和他談一談，從此他們倆變成好朋友。哪知道大黃貓一聲沒出，忽然把大爪子伸出來，捉住小白鼠的頸項，就一口咬住咽喉。可憐的小白鼠，痛得眼睛都弩了出來，怎麼掙扎也逃不出他的嘴。

　　大黃貓幾口便把小白鼠吃淨，連那條美麗的尾巴也沒有剩下，吃完，他舔了舔爪子，對自己說：「這真是一條好看的小白鼠！可是美麗不但保護不了他自己，也教我吃得不痛快呀，他是多麼小，多麼瘦啊！」

　　通過故事揭示道理，用人物對話法寫起來再合適不過了。這篇是老舍先生創作的童話故事，通過幾次對話，講述了小白鼠為自己的美麗而驕傲，鼠媽媽因此擔心和提醒小白鼠，但小白鼠不相信和不當回事，以至於在天敵面前還在賣弄美麗，最後慘死的故事。大黃貓的話揭示了道理：美麗保護不了自己。

　　本文的提示語很簡單，連「說」字都沒有替換，「說的話」也沒甚麼慷慨陳詞。但讀完之後，小白鼠媽媽極誠懇地囑咐，小白鼠沉了沉氣笑了，大黃貓舔了舔爪子，這些場景還是猶在眼前。**簡單的提示語也可以很有畫面感，日常的對話也可以包含着深刻的道理。**聯想到戰爭對美好事物的摧殘，這篇童話極具象徵意味。

故鄉（節選）
魯迅

　　「哈！這模樣了！鬍子這麼長了！」一種尖利的怪聲突然大叫起來。

　　我吃了一嚇，趕忙抬起頭，卻見一個凸顴骨，薄嘴脣，五十歲上下的女人站在我面前，兩手搭在髀間，沒有繫裙，張着兩腳，正像一個畫圖儀器裏細腳伶仃的圓規。

我愕然了。

「不認識了麼？我還抱過你咧！」

我愈加愕然了。幸而我的母親也就進來，從旁說：

「他多年出門，統忘卻了。你該記得罷，」便向着我說，「這是斜對門的楊二嫂，……開豆腐店的。」

哦，我記得了。我孩子時候，在斜對門的豆腐店裏確乎終日坐着一個楊二嫂，人都叫伊「豆腐西施」。但是擦着白粉，顴骨沒有這麼高，嘴唇也沒有這麼薄，而且終日坐着，我也從沒有見過這圓規式的姿勢。那時人說：因為伊，這豆腐店的買賣非常好。但這大約因為年齡的關係，我卻並未蒙着一毫感化，所以竟完全忘卻了。然而圓規很不平，顯出鄙夷的神色，彷彿嗤笑法國人不知道拿破崙，美國人不知道華盛頓似的，冷笑說：

「忘了？這真是貴人眼高……」

「那有這事……我……」我惶恐着，站起來說。

「那麼，我對你說。迅哥兒，你闊了，搬動又笨重，你還要甚麼這些破爛木器，讓我拿去罷。

我們小戶人家，用得着。」

「我並沒有闊哩。我須賣了這些，再去……」

「阿呀呀，你放了道台了，還說不闊？你現在有三房姨太太；出門便是八抬的大轎，還說不闊？嚇，甚麼都瞞不過我。」

我知道無話可說了，便閉了口，默默的站着。

「阿呀阿呀，真是愈有錢，便愈是一毫不肯放鬆，愈是一毫不肯放鬆，便愈有錢……」圓規一面憤憤的回轉身，一面絮絮的說，慢慢向外走，順便將我母親的一副手套塞在褲腰裏，出去了。

這篇節選自魯迅的知名小說《故鄉》，通過對話來展開情節。先聲奪人的故鄉楊二嫂，在生活的磨練下，從「豆腐西施」變成了「細腳伶仃的圓規」，變成了一個叉着腰、張着腳的「潑婦」。**魯迅筆下的楊二嫂是個足夠特別、經典的小說角色。**

本文提示語豐富：「一種尖利的怪聲突然大叫起來」；「顯出鄙夷的神色……冷笑說」；「一面憤憤的回轉身，一面絮絮的說，慢慢向外走」……強調了說話時的神情和動作。

「說的話」也極富人物性格特點。楊二嫂尖酸刻薄，母親從旁解圍，「我」無法招架，都在說的話中體現。這啟發我們，寫對話的時候要抓住人物的話，體現不同的性格特點。

馬褲先生（節選）

老舍

火車在北平東站還沒開，同屋那位睡上鋪的穿馬褲，戴平光的眼鏡，青緞子洋服上身，胸袋插着小楷羊毫，足登青絨快靴的先生發了問：「你也是從北平上車？」很和氣的。

我倒有點迷了頭，火車還沒動呢，不從北平上車，難道由 —— 由哪兒呢？我只好反攻了：「你從哪兒上車？」很和氣的。我希望他說是由漢口或綏遠上車，因為果然如此，那麼中國火車一定已經是無軌的，可以隨便走走；那多麼自由！

他沒言語。看了看鋪位，用盡全身——假如不是全身——的力氣喊了聲，「茶房！」

茶房正忙着給客人搬東西，找鋪位。可是聽見這麼緊急的一聲喊，就是有天大的事也得放下，茶房跑來了。

「拿毯子！」馬褲先生喊。

「請少待一會兒，先生，」茶房很和氣的說，「一開車，馬上就給您鋪好。」

馬褲先生用食指挖了鼻孔一下，別無動作。

茶房剛走開兩步。

「茶房！」這次連火車好似都震得直動。

茶房像旋風似的轉過身來。

「拿枕頭，」馬褲先生大概是已經承認毯子可以遲一下，可是枕頭總該先拿來。

「先生，請等一等，您等我忙過這會兒去，毯子和枕頭就一齊全到。」茶房說的很快，可依然是很和氣。

茶房看馬褲客人沒任何表示，剛轉過身去要走，這次火車確是嘩啦了半天，「茶房！」

茶房差點嚇了個跟頭，趕緊轉回身來。

「拿茶！」

「先生請略微等一等，一開車茶水就來。」

馬褲先生沒任何的表示。茶房故意的笑了笑，表示歉意。然後搭訕着慢慢的轉身，以免快轉又嚇個跟頭。轉好了身，腿剛預備好要走，背後打了個霹靂，「茶房！」

茶房不是假裝沒聽見，便是耳朵已經震聾，竟自沒回頭，一直的快步走開。

「茶房！茶房！茶房！」馬褲先生連喊，一聲比一聲高：站台上送客的跑過一羣來，以為車上失了火，要不然便是出了人命。茶房始終沒回頭。

老舍先生這篇經典的小說諷刺了馬褲先生這一類粗俗的人。這篇文章的對話非常精彩，含着很多**諷刺意味**，大家可以好好體會。

提示語很簡單，對「說」進行了簡單的詞語變換：「發了問」、「喊了聲」等，還有一些更加生動的替換：「反攻」、「背後打了個霹靂」等。

提示語的位置進行了多種變換：提示語在前，

提示語在後，提示語在中間，提示語被省略。提示語的不同位置使對話寫得更靈活，帶給整篇文章錯落的層次感。

　　說的話也很簡單，馬褲先生一個勁兒地喊茶房，使喚茶房拿這拿那，茶房先開始還客氣應對着，後來則是無聲地反抗。那一聲聲的「茶房」，讓火車都震動起來，讓茶房差點嚇個跟頭，讓送客的人以為失了火，讓讀者也忍無可忍。「說」的效果就這樣**簡短有力**地表現出來了。

　　以上就是用人物對話法讓作文「長胖」的例文展示，從中你發現寫對話的奧秘了嗎？

　　要寫好「說的話」。說話內容可以**表現人物性格，展示主要內容，甚至昇華主題**。

　　要寫好提示語。在提示語中寫出說話時的神情和動作，提示語位置的變換，表示「說」字意思的詞語的變換，都可以**使人身臨其境，有代入感**。

　　生活中形形色色的人，說着這樣那樣的話，做個有心人，平時多記錄，寫作文時就不犯愁了。

作文長「胖」了

一課一得

人物對話法，寫事好幫手。

童話和寓言，對話撐結構。

寫好提示語，聽了好多遍。

到底怎麼寫，還得自己練。

提示語在前，人物不紛亂；

也能放中間，長句切兩段；

後置有奇效，句句連成串；

省略提示語，乾脆又果斷。

一課一練

　　寫一篇童話故事的提綱，用上人物對話法。只需寫提綱，不需要寫全篇。

　　　　注意：提示語在中間時，話語前的冒號要換成逗號，這是標點符號使用的一個規則。

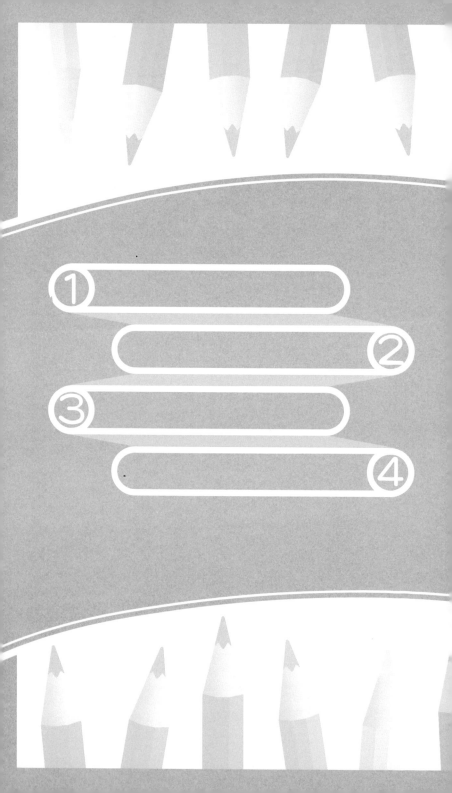

5

用並列特點法讓
作文長「胖」

章主講用並列特點法展開
作文，讓作文長「胖」。

在寫景或者寫物的文章中，
可以從景物不同方面的特點來展
開段落，這樣可以讓讀者對景物
的特點有全面準確的認識。我們
從以下幾篇文章來具體分析。

學校的樹

徐紹洋

我們學校有很多樹，它們
有的歷史悠久，有的香氣濃
郁，有的繁花似錦。

那棵古老的香樟樹四季常
青，陪伴着學校的成長，已經
有 100 多歲了。它不算高，但

很茂盛；它很粗，兩個同學都抱不住；它最大的特點是有一種特別的清香，很多蟲子都怕它，不敢靠近它。進出教學樓的老師和同學們，在這一片清香中努力工作和學習。

那兩棵桂花樹站在操場旁，每到秋季新學期開始時，就會散發出濃郁的香氣，迎接同學們的到來。經常有低年級同學在桂花樹底下搖桂花。只見他們中的一個小胖子，雙手抱住樹幹，使勁搖。桂花紛紛落下來，像下雨一樣。幾個撐着塑料布的同學連忙去接，桂花卻調皮地落了他們一身。他們你看看我，我看看你，「噗嗤」笑出了聲。

那兩棵櫻花樹，在春季學期開始時會格外引人注目。近看，樹上竟然沒有一片綠葉，滿樹的櫻花，透明的五片花瓣，薄薄的，粉粉的。遠看，櫻花樹好像幾團粉色的雲朵，輕輕依偎在校門口。放學了，同學們都會忍不住在它們面前佇足，有時還會情不自禁地讚歎一聲：「櫻花真美呀！」

學校的樹，春夏秋冬，花開花落，無論颱風下雨，都永遠為我們站崗，陪伴我們成長。我愛學校的樹！

這篇《學校的樹》列舉了三種不同的樹，**並列特點很明顯** —— 香樟樹的古老、桂花樹的芬芳、櫻花樹的繁盛，展現了各自的美麗。同時，這篇文章還同時融合了空間順序（教學樓—操場—校門口）和時間順序（四季—秋—春），**佈局很巧妙。**

美麗的大海

梁子瑞

金黃的沙灘、烏黑的礁石、湛藍的海水，構成了美麗的大海。

金黃的沙灘上，細膩而柔軟的沙子，踩上去是那麼舒服。碩大的椰子螺、胖胖的貓眼螺，把沙灘點綴得五彩繽紛。勤勞的沙蟹忙着挖洞，懶惰的寄居蟹正在睡覺，沙蟲在沙子中穿梭自如。

烏黑的礁石上，粘着許多肉質鮮美的貝殼，人們都愛採集它們。石縫中，有許多大小不一的

水坑。小水坑裏有小螃蟹和可愛的小魚，大水坑裏有來不及跟隨潮水出去的石斑魚、小鯊魚和海鰻。

湛藍的海水中，海帶、水草隨水流搖擺，跳起了優美的舞。大龍蝦躲在石縫中不敢出來，海鰻在珊瑚中等待獵物，許多熱帶魚在珊瑚中自由穿梭。海水涼涼的，有的人在游泳，一會兒游到這兒，一會兒游到那兒；有的人穿着潛水衣，打算下水欣賞奇妙的海底世界；還有人抱着救生圈漂來漂去，享受着被大海擁抱的幸福。

沙灘、礁石、海水構成了一幅美麗的圖畫，我愛美麗的大海。

本文小作者以並列特點法展開作文，介紹了不同地點的特色：沙灘上（海螺、沙蟹、寄居蟹、沙蟲）—— 礁石上（貝殼、水坑裏的螃蟹和魚）—— 海水中（海帶、水草、動物、人），還加入了人的活動，讓**畫面更加生動**。

鍾情於夏（節選）

牙若曦

　　相較於春的生機盎然，秋的遼遠沉靜，冬的凜冽蕭條，我獨愛夏的熱烈歡歌。

　　夏是美麗的！我格外愛看沐浴在夕陽金色餘輝裏的江濱路的柳條，它們披着長長的深綠色髮辮，在風中搖曳。我們把一枝柳條揪下來，編成柳環，戴在頭上。岸邊的草叢裏開滿了各種藍繡球、酢漿草花，像星星。大樹枝繁葉茂，投下一泓清涼，大樹是鳥兒的家，也是我們小孩子玩耍的好地方。我們在這裏觀察螞蟻，投下一顆小小的糖，看長長的螞蟻隊伍，將它搬回家去。

　　夏是甜蜜的！夏天的冰激凌最受歡迎，我喜歡士多啤梨新地，白色的冰激凌上，覆蓋着一層玫瑰紅的草莓汁液。黏黏的，滑滑的，小心地用勺子舀上一口。哇！好甜呀！再買一個甜筒帶回家給妹妹，可惜夏天的太陽真熱辣，剛剛走到橋頭，甜筒就化了，滴答滴答在流淚。大街小巷還

有很多翠綠色的西瓜，小販常切開來賣，紅紅的瓜瓤，咬上一口，感覺甜到了心田啦。

夏是馨香的！陽台上的花也開了，那些冬天種下的花種子，開出了燦爛的花朵。有波斯菊、太陽花、鬱金香，散發着不同的香，令人心曠神怡。學院的工人真勤勞，執了長長的剪子，吧嗒吧嗒地剪圖書館外面那些亂蓬蓬的冬青樹。不一會兒，冬青樹變得整整齊齊，新剪下的嫩葉子散發出陣陣清香……

我鍾情於這樣的夏呀。

這篇《鍾情於夏》調動了身體的不同感官，從看到的、嚐到的、聞到的這些角度來寫夏天。每段段首是全段的中心句，用美麗、甜蜜、馨香這些詞語點明夏天不同的特點。

「美麗」段寫看到的，有顏色，有形狀，有具體的植物和動物。真是描繪了一個五彩繽紛的美麗世界。

「甜蜜」段寫嚐到的，羅列士多啤梨新地、甜筒和西瓜多種好吃的，甜蜜的味道隨文字而來，讀

了真要流下口水來。

「馨香」段寫聞到的，花香一筆帶過，詳寫冬青嫩葉子的清香，很特別的角度。

小作者還寫了「聽到的」，會在本書下一課詳細分析。

調動感官，仔細觀察景物，將每種感官感受到的特點單獨成段，並列不同特點來描寫，也是不錯的展開方式。如果你來寫夏天，你會寫哪些看到的、嚐到的、聞到的夏天呢？當然，你還可以舉一反三，從聽到的、觸碰到的、心裏想到的等方面來寫夏天哦，試試吧！

春（節選）

朱自清

盼望着，盼望着，東風來了，春天的腳步近了。

　　一切都像剛睡醒的樣子，欣欣然張開了眼。山朗潤起來了，水長起來了，太陽的臉紅起來了。

　　小草偷偷地從土裏鑽出來，嫩嫩的，綠綠的。園子裏，田野裏，瞧去，一大片一大片滿是的。坐着，躺着，打兩個滾，踢幾腳球，賽幾趟跑，捉幾回迷藏。風輕悄悄的，草軟綿綿的。

　　桃樹、杏樹、梨樹，你不讓我，我不讓你，都開滿了花趕趟兒。紅的像火，粉的像霞，白的像雪。花裏帶着甜味；閉了眼，樹上彷彿已經滿是桃兒、杏兒、梨兒。花下成千成百的蜜蜂嗡嗡地鬧着，大小的蝴蝶飛來飛去。野花遍地是：雜樣兒，有名字的，沒名字的，散在花叢裏，像眼睛，像星星，還眨呀眨的。

　　「吹面不寒楊柳風」，不錯的，像母親的手撫摸着你。風裏帶來些新翻的泥土的氣息，混着青草味，還有各種花的香，都在微微潤濕的空氣裏醞釀。鳥兒將窠巢安在繁花嫩葉當中，高興起來了，呼朋引伴地賣弄清脆的喉嚨，唱出宛轉的曲子，與輕風流水應和着。牛背上牧童的短笛，這時候也成天在嘹亮地響。

雨是最尋常的，一下就是三兩天。可別惱。看，像牛毛，像花針，像細絲，密密地斜織着，人家屋頂上全籠着一層薄煙。樹葉子卻綠得發亮，小草也青得逼你的眼。傍晚時候，上燈了，一點點黃暈的光，烘托出一片安靜而和平的夜。鄉下去，小路上，石橋邊，撐起傘慢慢走着的人；還有地裏工作的農夫，披着簑，戴着笠的。他們的草屋，稀稀疏疏的在雨裏靜默着。

春天是大家喜歡寫的主題，是個大概念，能寫的點可大可小，抓住甚麼特點來寫呢？

朱自清的這篇名作從春草、春花、春風、春雨這四方面來寫，寫出了春草的機靈，春花的熱鬧，春風的輕柔，春雨的綿密。除了這些景致本身，還加上了蟲兒、鳥兒和人們的活動，更是一派生機盎然。在並列特點的段落內部，有動靜結合，有視覺、聽覺、觸覺等多感官描寫，豐富細膩。

相對而言，寫春草會簡略一些。這也提醒大家，對每個特點的描寫不必平均筆墨。用並列特點

這一方法介紹景物的時候，也可以通過詳略分配，來展現自己的喜好和觀察重點。

　　構思可以繼續延伸下去，就如老子《道德經》中說的：「道生一，一生二，二生三，三生萬物」，在這裏，神奇的「三」代表了更多的特点……於是，就此打住。

　　如果讓你寫一篇《秋》，你打算並列哪些特點展開全文呢？

作文長「胖」了

一課一得

並列特點法，景物用得多。

調動多感官，形色聲香味。

特點不必多，三個已足夠。

每個大特點，如何具體寫？

段首中心句，是個好武器。

可平均筆墨，也可分詳略。

一課一練

《這兒真美》（介紹一處美景）

練習列提綱，向大家介紹一處美景。按並列特點法，列出這裏哪些方面比較美。列詳細一些。

只需寫提綱，不需要寫全篇。

寫景可以用前面講過的時間順序展開法和空間順序展開法，我們這次專門練習並列特點展開法。

用對比特點法讓
作文長「胖」

上一章講的是並列特點展開法,特點之間是並列的關係,像平行線一樣,各自獨立。本章要介紹的是用對比特點法展開作文,特點之間是轉折的關係,像一條有拐點的折線。用這種方法展開的文章,通常會有很明顯的過渡句或者過渡段。

　　讓我們具體來分析。

並列特點法

對比特點法

鍾情於夏（節選）

牙若曦

夏是喧鬧的！泳池的碧波裏總是擠滿了人，小孩子從滑梯滑下來，落到水裏，總是開心到「哇啊！哇啊！」欣喜地尖叫。足球場上踢球的男孩子生龍活虎。「傳球，快！快！」「進球啦！！」吶喊聲不絕於耳。這時，倘若一場傾盆大雨嘩啦啦而下，也不會影響他們踢球的興致。

夏還是靜謐的！鄉村的夏夜格外寧靜，滿天繁星，像給深藍的天空綴上無數顆美麗的鑽石。螢火蟲飛來了，提着小小的燈籠，在田間草叢裏飛翔，像緩緩的流星。我們在夜風裏張開手臂，彷彿要做展開翅膀飛翔的天使。太奶奶搖着蒲扇漸漸沉入睡眠。窗外，夏蟲在啾啾低鳴。

小作者除了如本書上一課所言，用並列特點展開法寫看到的、嚐到的、聞到的夏天，還用對比特點展開法寫聽到的夏天。

「喧鬧」段寫了泳池裏和球場上的歡樂嬉戲，「靜謐」段寫了鄉村夏夜裏的星空、螢火蟲、在夜風裏張開手臂的孩子們，以及悄然入睡的太奶奶。用語言描寫和擬聲詞來寫聲音，讓人身臨其境。

我眼中的冬天（節選）

王劉子祺

我眼中的冬天是寒冷的、嚴厲的。如果清晨起個大早，可以見到門口的柵欄、露天的車子、已經枯萎的草坪，到處都抹上了一層薄薄的白霜。再過一會兒就會起一層朦朦朧朧的霧。霧時濃時淡，包圍着整座城市。如果再下一場雪，冷風裹着雪花鑽進脖子裏，冰冰的，讓人不禁打哆嗦。

我眼中的冬天是溫暖的、慈祥的。中午，太陽慢慢升到了空中，把濃霧驅散了。在陽光的照

射下，那一層霜，露出了一個個小雪花的形狀，正在閃閃發光。小朋友們在溫暖的陽光下奔跑着，追逐着，大人在被陽光曬着的走廊上聊聊天，歇歇腳。我最喜歡的就是搬來一把搖椅，瞇着眼睛坐在陽台上，不時咂咂嘴，揉揉鼻子，享受着這陽光帶來的溫暖，活像一個很會享受生活的小老頭。

這篇《我眼中的冬天》寫了冬天的兩大特點。這兩個特點之間是轉折對比的關係，寒冷對溫暖，嚴厲對慈祥。大家通常的印象就是這樣 —— 冬天是寒冷的，有霜，有霧，可能還有雪。但當暖陽升騰，濃霧散去，霜花耀眼，人們盡享溫暖和閒適。這一特點是經常被大家忽略的。

寫一組互相對比的特點，可以先寫熟悉的，再寫特別的；也可以先寫主要的，後寫次要的。可以直接用中心句總領段落，也可以用上過渡句或者過渡段，比如上文兩段間可以加上：我眼中的冬天不僅寒冷嚴厲，而且是溫暖慈祥的。

母雞

老舍

　　一向討厭母雞。不知怎樣受了一點驚恐。聽吧，牠由前院嘎嘎到後院，由後院再嘎嘎到前院，沒完沒了，而並沒有甚麼理由；討厭！有的時候，牠不這樣亂叫，可是細聲細氣的，有甚麼心事似的，顫顫微微的，順着牆根，或沿着田壩，那麼扯長了聲如怨如訴，使人心中立刻結起個小疙瘩來。

　　牠永遠不反抗公雞。可是，有時候卻欺侮那最忠厚的鴨子。更可惡的是牠遇到另一隻母雞的時候，牠會下毒手，乘其不備，狠狠的咬一口，咬下一撮兒毛來。

　　到下蛋的時候，牠差不多是發了狂，恨不能使全世界都知道牠這點成績；就是聾子也會被牠吵得受不下去。

　　可是，現在我改變了心思，我看見一隻孵出一羣小雛雞的母親。

不論是在院裏，還是在院外，牠總是挺着脖兒，表示出世界上並沒有可怕的東西。一個鳥兒飛過，或是甚麼東西響了一聲，牠立刻警戒起來，歪着頭兒聽；挺着身兒預備作戰；看看前，看看後，咕咕的警告雞雛要馬上集合到牠身邊來。

當牠發現了一點可吃的東西，牠咕咕的緊叫，啄一啄那個東西，馬上便放下，教牠的兒女吃。結果，每一隻雞雛的肚子都圓圓的下垂，像剛裝了一兩個湯圓兒似的，牠自己卻削瘦了許多。假若有別的大雞來搶食，牠一定出擊，把牠們趕出老遠，連大公雞也怕牠三分。

牠教給雞雛們啄食，掘地，用土洗澡；一天教多少次多少次。牠還半蹲着 —— 我想這是相當勞累的 —— 教牠們擠在牠的翅下，胸下，得一點溫暖。牠若伏在地上，雞雛們有的便爬在牠的背上，啄牠的頭或別的地方，牠一聲也不哼。

在夜間若有甚麼動靜，牠便放聲啼叫，頂尖銳，頂淒慘，使任何貪睡的人也得起來看看，是不是有了黃鼠狼。

牠負責，慈愛，勇敢，辛苦，因為牠有了一

羣雞雛。牠偉大，因為牠是雞母親。一個母親必定就是一位英雄。

　　我不敢再討厭母雞了。

　　這篇是老舍先生的經典作品《母雞》。本文以「我」對母雞態度的前後對比來展開全文。

　　先是討厭母雞，理由：無病呻吟、欺軟怕硬、炫耀顯擺。然後怎麼樣呢？對了，通過一個過渡段來轉折：「可是，現在我改變了心思，我看見一隻孵出一羣小雛雞的母親。」

　　從而引出「我」態度的變化：不敢再討厭母雞，理由依舊很細緻：負責、慈愛、勇敢、辛苦，「因為牠是雞母親」。從而與之前的態度形成對比。

　　下次你寫小動物時，也可以仿照這篇文章，先寫對牠的討厭，再寫對牠的喜愛哦。

貓（節選）

老舍

貓的性格實在有些古怪。說牠老實吧，牠的確有時候很乖。牠會找個暖和地方，成天睡大覺，無憂無慮，甚麼事也不過問。可是，趕到牠決定要出去玩玩，就會走出一天一夜，任憑誰怎麼呼喚，牠也不肯回來。說牠貪玩吧，的確是呀，要不怎麼會一天一夜不回家呢？可是，及至牠聽到點老鼠的響動啊，牠又多麼盡職，閉息凝視，一連就是幾個鐘頭，非把老鼠等出來不拉倒！

這篇《貓》，依舊是老舍先生寫動物的經典作品，這次只選片段，因為這個片段已經足夠經典。

「古怪」這個詞總領貓的特點。為甚麼古怪呢？因為兩組完全相反的特點 —— 老實和貪玩，貪玩和盡職。從寫貓老實到寫貓貪玩是一次對比轉折，從寫貓貪玩到寫貓盡職又是一次對比轉折。**短短一段中兩次對比，充滿波折，總是出人意料，讀起來趣味盎然。**

用對比特點展開法寫作文，你可以用一次對比，也可以用上兩次對比，使文章內容出現反轉，讓讀者印象更加深刻。

　　對比特點法，寫物經常用。

　　一體有兩面，介紹需全面。

　　既定與附加，情感的變化，

　　寫正也寫反，過渡兩端連。

　　對比一次少，用上兩次巧。

　　轉折印象深，讀者忘不了。

一課一練

　　《我的動物朋友》(介紹一種動物)

　　練習列提綱，向大家介紹一種你熟悉的動物，用上對比特點法。可以列出動物不同的性格，讓大家全面了解牠。

　　只需寫提綱，不需要寫全篇。

　　　　寫小動物，可以用上一次對比，也可以用上兩次對比哦。

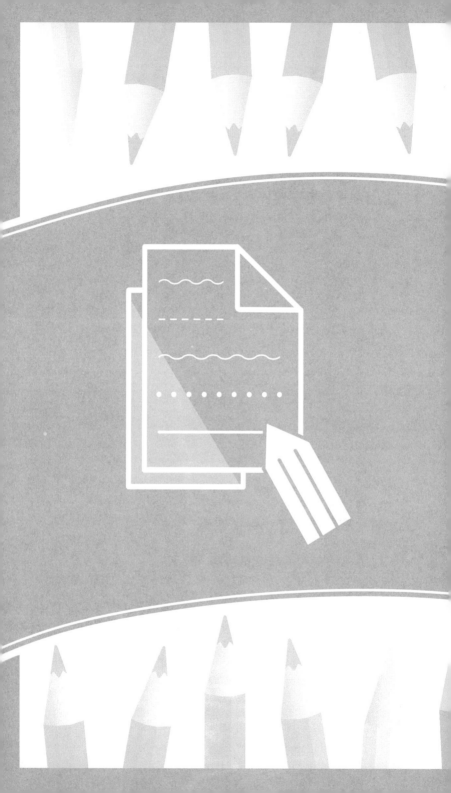

「一課一練」
參考答案

1 用時間順序法讓作文長「胖」

●優秀作業展示

《家鄉的大海》

作者：周祉蔭

主要內容：早晨、中午、傍晚的大海

開頭：我的家鄉是大連，我最喜歡家鄉的大海。

中間：

1. 早晨的大海

我在沙灘上撿到一兩個貝殼。海水非常涼快，一陣海風吹來，有一絲鹹鹹的味道。

2. 中午的大海

太陽曬得厲害，可以下海去游泳了。很多人來到海邊，有的玩水，有的在沙灘堆城堡，還有的躺在水裏。

3. 傍晚的大海

夕陽照到海面上，把海水染成了橙色，許多海鷗在海面上飛翔。

結尾：大海非常美麗，你喜歡大海嗎？

亮點：

　　1.能夠按照老師講的時間順序來寫，而且用的是老師前文沒提到的「早晨—中午—傍晚」的順序，很棒哦！

　　2.雖然是提綱，但是也用到了五感法來描寫大海，相信具體寫的時候會更詳細。

　　3.最後結尾的時候用到問句，很特別。

不足：

　　「中午的大海」部分對景色的描寫比較少，再增加一些就更好了。

　　您說的不足，其實不是不足。祉蔭寫中午的大海，通過人的活動來寫，完全沒有問題。這樣寫更豐富。

　　其實，寫景、狀物、記事、想像都脫離不了「寫人」。所以，反倒是少有只寫人的文章了。把寫景和寫人的活動結合起來，而不是單純寫景，這樣的景色更有代入感，更能引發讀者聯想。

2 用空間順序法讓作文長「胖」

●優秀作業展示

《我的房間》

作者：周祉蔭

主要內容：用房間裏的擺設

開頭：我有一個自己的房間，裏面有很多洋娃娃。

中間：

1. 最右面是一張小牀，小牀上面有我的枕頭。小牀後面是寫字枱，寫字枱上有電腦。（詳）

2. 房間中部有一個紅色的帳篷，那是我的遊戲屋，裏面有三個小帳篷。（略）

3. 左面有一些花花草草和一個灰灰的大蘑菇。（略）

結尾：我睏的時候就躺在我的小牀上，我無聊的時候就去我的遊戲屋，或者去看那些花花草草。

亮點：

    1. 能按照「右—中—左」的空間順序介紹自己的房間，看來老師講的都聽明白了。

    2. 描寫小牀這邊的擺設時，也能按照一定的空間順序敍述，非常好。

    3. 全文中間部分的敍述安排合理，做到了詳略得當。

不足：

    開頭提到的洋娃娃都跑到哪裏去了？後面怎麼一點都沒介紹呢？

    按空間順序來寫，並且自己想好了哪些詳寫，哪些略寫，很棒！

    不過老師有點好奇，牀和電腦有甚麼值得詳寫的故事呢？反而是房間中部的遊戲屋，老師光看提綱就覺得很有意思，是不是更值得詳寫呢？

    提綱裏寫到的灰灰的大蘑菇，也引起了老師的好奇。老師很期待看到你的文章。

● 優秀作業展示

《秋天的圖畫》

作者：周祉蔭

主要內容：姥姥家的秋天

開頭：姥姥家杏子樹的樹葉掉下來了，意味着秋天來了。

中間：

　　1. 我先來到了種蘿蔔的地方。蘿蔔頭已經冒出來了，白白的，胖胖的，活像一個個小娃娃。一陣風迎面吹來，蘿蔔娃娃揮動着它們綠綠的長髮，彷彿在說：「我們成熟了。」

　　2. 接下來我來到了白菜地，一棵棵大白菜像一朵朵綠色的花一樣在田地裏綻放。

　　3. 院子的一角有一棵孤零零的杏子樹，樹葉落下來了，像一封封信一樣，告訴我們秋天來了。

結尾：秋天是我最喜歡的季節。

亮點：

1. 空間順序法運用得不錯。

2. 運用了比喻、擬人的修辭手法，很生動。

3. 媽媽特別喜歡「蘿蔔娃娃揮動着它們綠綠的長髮」和「樹葉落下來了，像一封封信一樣，告訴我們秋天來了」這兩句話，很有動感。

不足：

開頭和中間兩次提到樹葉落下，是不是有些重複呢？

開頭意境很美，引人入勝。感覺題目改成「秋天的菜園」更合適。主題「秋天的圖畫」是個大概念，題目可以擬得具體一些。

寶貝寫得畫面感十足，要是能畫出來，一定更美。

③ 用情節發展法讓作文長「胖」

● 優秀作業展示

《第一次做煎餅》

作者：孫浩宸

主要內容：和麵、醒麵、做餅、煎餅

開頭：前幾天，媽媽在「下廚房」APP上發現一個紅糖煎餅的配方，看起來很簡單，我們決定試一下。

中間：

　　1. 和麵

　　麵粉和溫水按2:1的比例混合，攪拌成棉絮狀，揉捏成團。

　　2. 醒麵

　　盤子蓋住，放20分鐘，麵變得鬆軟。

　　3. 做餅

　　餡用比例為3：1的紅糖和芝麻攪拌均勻做成。用麵把餡包起來，再擀成餅。

　　4. 煎餅

　　熱鍋入油，餅放進去來回翻面。很快餅就煎好了。

結尾：紅糖煎餅還挺簡單的呀，味道也很好，我對自己的廚藝更有信心啦！

亮點：

1. 寶貝把煎餅的過程分得很細緻，和麵、醒麵、做餅、煎餅一氣呵成。

2. 寶貝用的動詞豐富多樣，精準細緻，可見詞語積累越來越多了，為你點讚！

3. 運用具體的數字，有食譜的感覺了，讀者們可以按照你的提綱動起手來了。

不足：

或許還可以加個「吃餅」的環節。

用情節發展法展開文章時，步驟感很重要。孫同學這一點做得很好。雖然只是提綱，但列出了詳細的搭配比例，是個貼心的小暖男。老師期待看到精彩的全文。

4 用人物對話法讓作文長「胖」

● 優秀作業展示

《金魚的夢想》

作者：張西貝

主要內容：和玩具飛機對話、和蝴蝶對話、和小女孩對話

開頭：我是一條小金魚，名叫小Q。每當我仰頭看着風箏在空中飄呀飄時，就會想：如果我也能在空中飛翔，該多好啊！可怎樣才能飛上天呢？

中間：

　　1. 和玩具飛機對話

　　「哦，你會飛？那太好了，你能把我帶上天嗎？」

　　「你？」那東西用輕蔑的眼神看着我，「好吧，我試試吧，正好可以給你展示一下我的技能。」

　　2. 和蝴蝶對話

　　「蝴蝶兒姐姐，你能帶我上天嗎？」

　　「可以啊！可你不能把我的花裙子弄髒，那可是我參加舞會時的表演服。」

3. 和小女孩對話

「你怎麼了？快醒醒！你再堅持一會兒，我去找水。」

「你 ⋯⋯ 你 ⋯⋯ 謝謝你 ⋯⋯」

結尾：小女孩和我的感情越來越深，她出去旅遊也捨不得離開我，就這樣，我跟着她坐上了飛機。這次，我終於飛上了天！

亮點：

　　1. 寶貝構思的這篇童話故事很有味道，主人公是一條想飛的金魚。飛翔，是很多人的夢想，媽媽小時候也做過飛翔的夢。

　　2. 本文用人物對話展開全文。寶貝設計了三個不同的對話對象，避免了與單個對象對話的單調，這一點讓媽媽很驚喜。

　　3. 寶貝設計的結尾很巧妙，最終讓金魚實現了飛翔的夢想。可以看出你的善良和樂觀。

不足：

　　金魚和小女孩的那組對話，可以加上一點提示語，交代前因後果。

西貝同學構思了一個講述金魚渴望自由的童話，通過對話推動情節發展，雖然是提綱，我們也能看明白。前兩次的飛翔失敗了，而且差點喪命，最後被小女孩救下來，並且實現了飛上天的夢想。

　　讀到此處的讀者們，你們也可以換個主角，換個夢想主題來寫寫童話哦。記得，多寫對話！

5 用並列特點法讓作文長「胖」

●優秀作業展示

《這兒真美》

作者：楊靖然

主要內容：三亞海美、樹美、工藝品美

開頭：我去過繁華的大都市，也去過古樸的小鎮，可我最喜歡的還是美麗的三亞。

中間：

　　1. 三亞的海美

　　顏色 —— 近看碧綠，遠望蔚藍

　　聲音 —— 海浪聲、海鳥聲

　　觸感 —— 涼爽的海水、軟綿綿的沙灘

　　2. 三亞的樹美

　　榕樹、椰子樹、棕櫚樹

　　3. 三亞的工藝品美

　　貝殼製品、椰殼製品

結尾：三亞的海美、樹美、工藝品美。一次根本玩不夠！

亮點：

　　1. 能夠按照老師講的並列特點法來展開寫。海美、樹美、工藝品美這三個特點抓得很準確，結尾總結到位。

　　2. 提綱中體現了詳略，能夠詳寫海的美，調動不同感官寫出多種感覺，很棒。

　　3. 本來靖然還打算寫海水的鹹，但與媽媽商量後覺得這與海的美無關，於是刪掉了。思考中有取捨，靖然成長了。

不足：

　　寫各種樹和工藝品，可以用上不同的形容詞，再寫細緻一些。

　　介紹美景，可以寫的地方很多，寶貝運用對比式開頭，開門見山點明了自己對三亞的喜愛。中間部分寫三亞特點，選取的角度豐富。本章老師講解例文《鍾情於夏》，講到寫不同感官的感受，而楊同學可以活用這一技巧，用得有想法！

6 用對比特點法讓作文長「胖」

● 優秀作業展示

《我的倉鼠朋友》

作者：方嘉怡

主要內容：慵懶 vs. 好動，挑食 vs. 貪吃

開頭：在我反覆的央求下，媽媽終於給我買了一隻小倉鼠。和牠共同生活的這幾個月裏，我見識到了牠的古怪。

中間：

1. 慵懶 vs. 好動

慵懶：縮進窩裏成天睡大覺，睡醒了還哈欠連連。

好動：一旦被放出籠子，就到處亂躥，鑽到牀底下，或者躲到窗簾背後。

2. 挑食 vs. 貪吃

挑食：不喜歡的東西聞也不聞，比如小魚乾。

貪吃：喜歡的東西狼吞虎嚥，還存下不少，比如麵包蟲。

結尾：這就是古怪的小倉鼠，我可愛的朋友。希望牠能長長久久地陪伴着我。

作文長'╱
「胖」了

亮點：

　　1. 挑戰了兩次對比，勇氣可嘉！

　　2. 兩次對比都很恰當，列出了一些細節，讓人很清楚你會如何展開全文。

　　4. 動詞用得比較豐富，期待你寫出整篇精彩的文章。

不足：

　　可以給你的動物朋友起個名字，顯示你們的親密關係。

　　對比特點展開法，可以讓讀者對你寫的內容有全面準確的認識。嘉怡的提綱展現了如何通過反覆示例，用對比特點展開法寫動物。還可以用這種方法來寫植物、紀念物品等哦。

鳴謝

本書中以下例文或提綱，都是我們「三支鉛筆讀寫研究中心」學生的手筆。感謝小作者為我們創造了鮮活生動、獨一無二的好文字！這些，既是學習的素材，也是珍貴生活片段的定格。

作者	例文或提綱標題
胡進恆	多變的雨
牙若曦	美麗的大樂
計一銘	我家的陽台
彭泓博	校園的成長林
趙禹洺	遊跑馬嶺
張譯文	大海
彭嘉怡	包餃子
但佳然	我學會了泡茶
魏文希	出乎意料的一次考試
王奕辰	採栗子
郝梓宸	垃圾批鬥大會
徐紹洋	學校的樹
梁子瑞	美麗的大海
牙若曦	鍾情於夏
王劉子祺	我眼中的冬天
周祉蔭	家鄉的大海
周祉蔭	我的房間
周祉蔭	秋天的圖畫
孫浩宸	第一次做煎餅

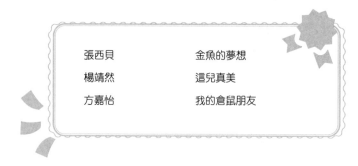

三支鉛筆讀寫研究中心

2022 年 4 月